あまり癒やされない心の詩

佐藤正明

風媒社

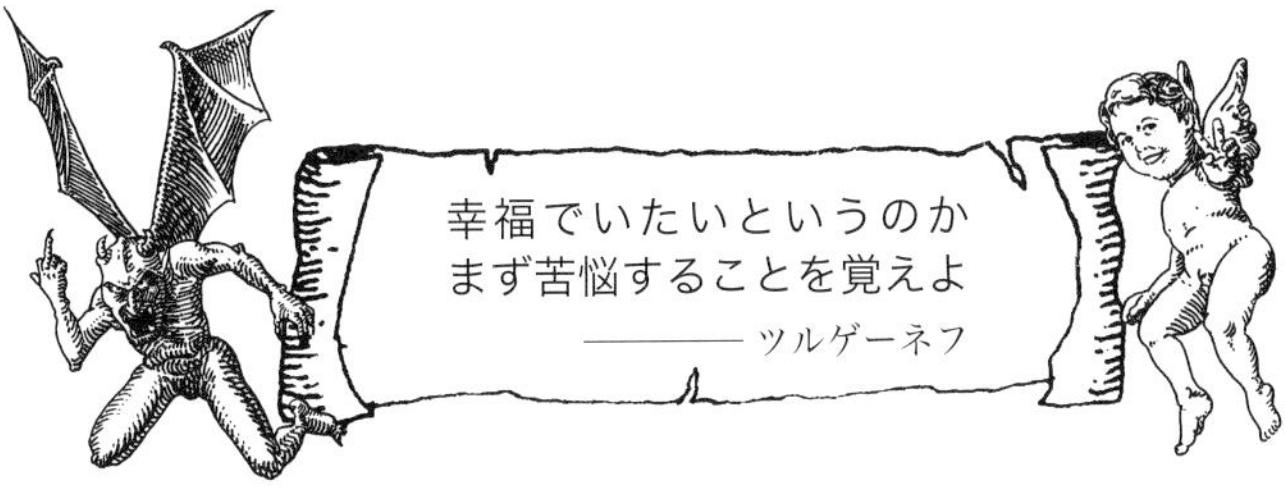
幸福でいたいというのか
まず苦悩することを覚えよ
――――ツルゲーネフ

一本の矢は
折れるが
三本の矢は
折れない

二本はビミョー

この有名な逸話は毛利元就が三人の息子を矢に例えて説くものです。もの言わぬ矢だったら簡単に束ねられるでしょうが、人間はそう容易ではありません。

ましてや、三人兄弟ともなれば難しいのではないでしょうか。得てして兄弟というのは、どこかしら反発する部分もあって、二人までならなんとかなっても、三人全部が結束するとは思えません。

三人は派閥を構成する最少の人数です。むしろ、この話で大事なのは「三」という数字かもしれません。「三人寄れば文殊の知恵」のように三人集まればパワーが出るということでしょう。

古来日本人は「三」が好きなようで、安定した数字と見るようです。「石の上にも三年」「日本三景」「三三七拍子」「三途の川」「三筆」などなど、「三」を使った言い回しは多くあります。

また、撮影に使う三脚は凸凹の盤面にも対応します。
傘の骨は最低三本あればいちおう傘にはなります。
このように「三」は最小の数で安定が図れるということでしょう。

余談ですが最近はより強度を求めて二十四本骨の傘もあります。
元就もそこまで毛利家の安泰を願うなら、三人といわず二十四人ぐらい子どもをもうければよかったのに、と思います。

「我三人行なえば必ず我が師を得。其の善き者を選びてこれに従う。其の善からざる者にしてこれを改む」　孔子

空気なんか読むな

乱気流になれ

空気を読めない人は「KY《ケーワイ》」などと呼ばれ敬遠されがちです。だから空気は読めないといけないらしい。

「和を以て貴しとなす」が日本人の気風なので、和を乱すことを日本人は恐れます。

思想家の中江兆民は、人が集まれば、ある種の雰囲気が醸成されて、それに飲み込まれ、抜け出せなくなると言っています。

賄賂が習慣化している団体では、悪いとわかっていても断れない、また暴走族では「オヤジ狩りしようぜ」とだれかが言い出せば、したくなくてもやらざるを得なくなってくる。

だから空気を読んだがために、悪い方向へ流される危険性もあるわけです。

自己主張が尊ばれる欧米と違って、日本ではありがちなことかもしれません。まず海外において「空気を読む」などということばは生まれないでしょう。

乱気流になって、意図的にその場を乱すのもどうかと思いますが、安易に「空気」に流されないだけの気概は持ちたいものです。

「治に居て乱を忘れず」　易経

歩けば道ができるけど
歩かないと草だらけに
なっちゃうんだよ

わあ！
緑がふえるんだね

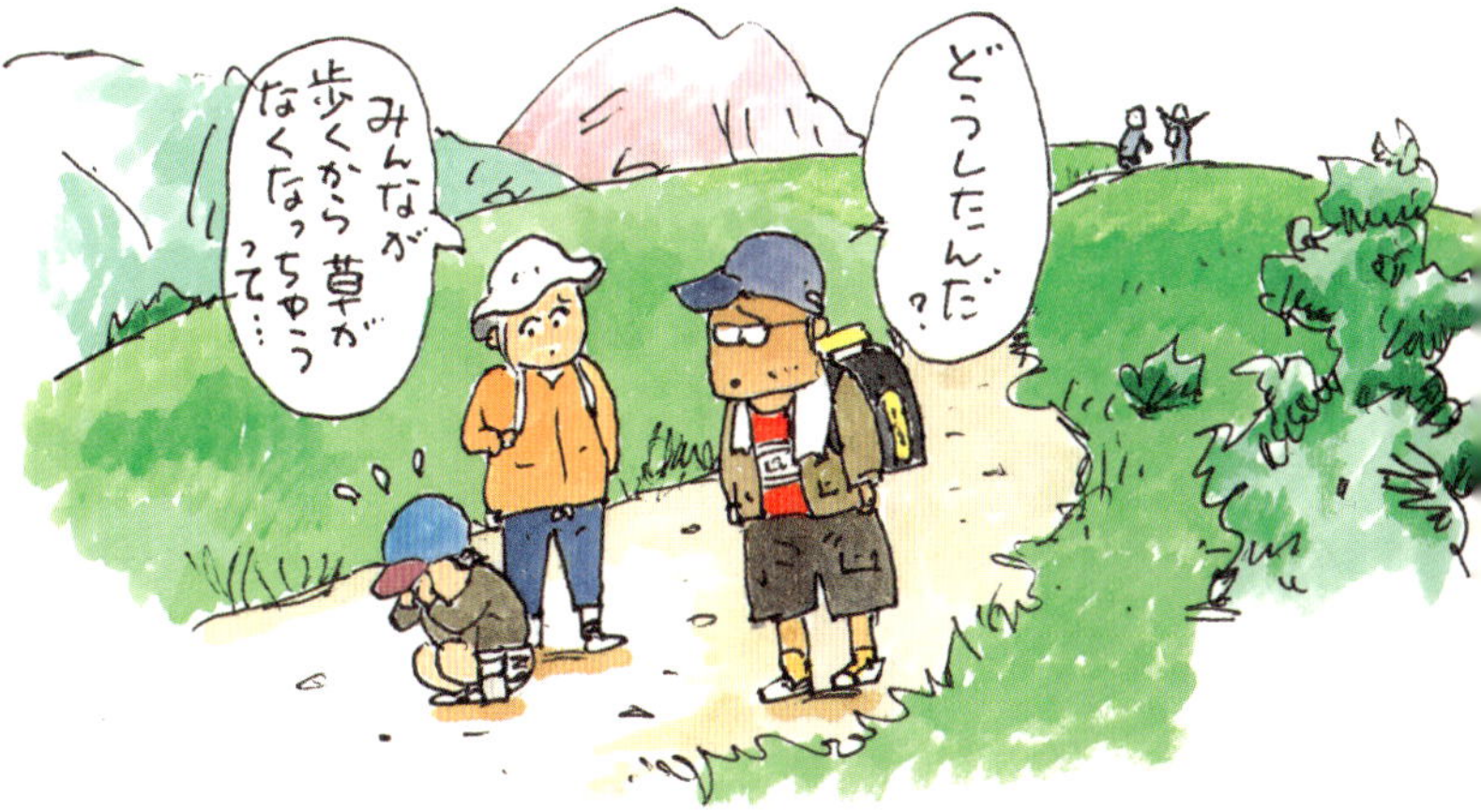
どうしたんだ？
みんなが歩くから草がなくなっちゃうって…

「雑草」って差別的なことばですね。他に雑文とか雑誌とか、〝雑〟のつくことばには〝本流からはずれた〟というニュアンスがあります。雑巾をイメージすればいかに差別的な呼称かわかりますね。

雑草というのは、人間にとって有用ではないという位置づけです。雑木も本来そうなのでしょうが、最近では保水力の効果など、環境保全の面からも雑木林が見直されてきています。

人間にとって有用な木とは、建材用や観賞用などの木なのでしょう。しかし子供のころは、それら杉とか松などには目もくれず、もっぱら雑草をおもちゃにして遊んでいました。

オオバコの茎で引き合ったり、ナズナをじゃらじゃらさせたり、カラスノエンドウで笛を作ったりしていました。今はそんなことをして遊ぶ子もいないし、都市では雑草自体見かけなくなってきました。

歩かなければ雑草が生えるだけと言わず、緑を大切にというなら雑草だって緑です。大切にしたい。

かく言う私は庭に雑草を見つけると引っこ抜いています。

「自然には憂鬱なものは何もない」　コールリッジ

人という字は
支えあってる

でも片方の負担が大きい

壁なんか
乗り越えられるさ
だれかを
踏み台にすれば

ふり返るな
前を向け

そうですよねー
最終ランナー
なんですから

やっぱ
できる
できた人が
そう言うん
だよね

つまづいたって
いいじゃないか
としよりだもの

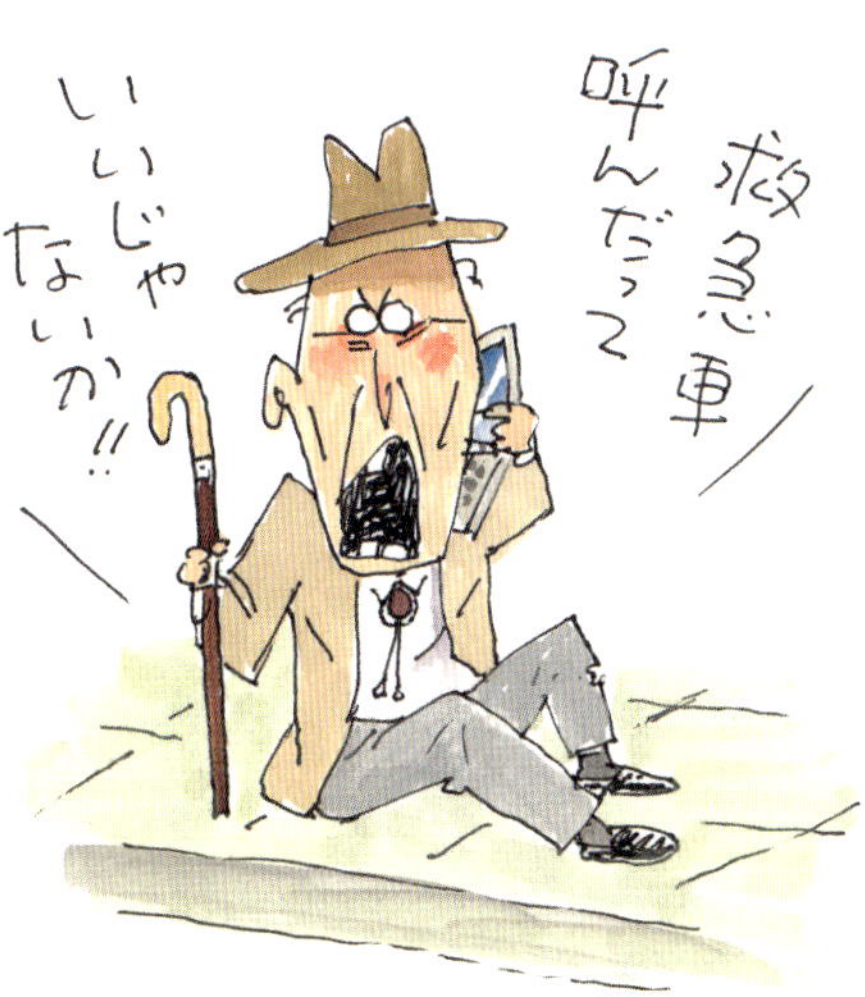
救急車
呼んだって
いいじゃ
ないか!!

読書の秋

食欲の秋

スポーツの秋

芸術の秋

……人生の秋

子どもの可能性は
無限だ
大人になると
有限になる
それが今じゃ
ひとつだ

ありのままの
君でいいんだ
そのままの君で

それでよけがばね

若いうちに
苦労しろって？
老化が進むよ

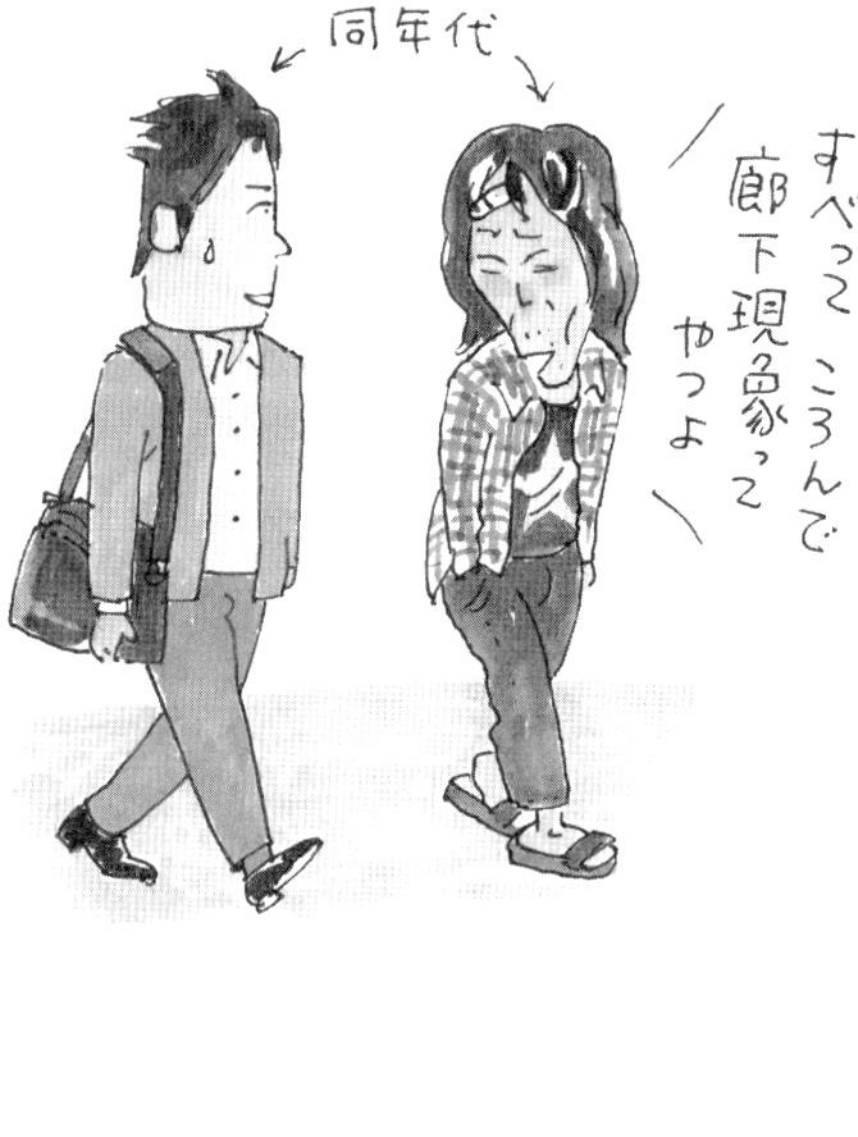
同年代
すべってころんで
廊下現象ってやつよ

体からつっぱりの棒を
お取んなさい
休みになるから

女が強くなり
男が弱くなりました

お互い演技を
やめただけだろうね

戦後、女性が強くなったと言われてからずいぶん久しい。〝強化期間〟が長いですね。

寿命が長いことからも女性の方が体力、気力が充実していることがわかります。

男性が強いのは腕力で、戦前はそれと経済力に頼って女性を押さえつけてきたものと思われます。

女性の自立が進んで経済力を身につけてくれば、男性の勝てるのは腕力だけとなり、それで女性を押さえつけようというのは論外な世の中です。

生物学的なオスとメスとは違い、男、女というのは文化的な規定です。男らしさ、女らしさはあってもオスらしさ、メスらしさということばはありません。

このことからも男、女は人間の作った役割分担なのでしょう。役割であれば、男女入れ替わったっていいわけです。

性同一性障害による性転換までいかなくても、ただファッションだけを楽しむ女装趣味の男性も増えてきました。英語ではクロスドレッサーというそうですが、男女を強い弱いで分けることはなくなってきて、いろんな分野でクロスの状態に入ってきてるようです。

「人は女に生まれるのではない　女になるのだ」　ボーヴォワール

あばたもエクボ
←
あばたはあばた
←
エクボもあばた

ミカって エクボ
いっぱいあるよね

恋愛も癒やしのひとつになるのでしょうか。人間関係の一形態である以上、いい時もあり悪い時もあります。順調な時は夢見ごこち、悪くなれば修羅場で、歌「天城越え」のように〝あなたを殺していいですか〟ということにもなりかねません。

ひと昔前の歌には〝地獄の底までついてゆく〟とか〝死んでもおまえを離しはしない〟など命をかけた恋愛観がありました。

今だとストーカーになりかねない心理です。でも当時は一途な恋愛の方が共感を呼びました。だからこそ歌詞になったのでしょう。

しかし、昔、美徳とされた「一途」は今では疎まれがちのようです。恋愛に限らず、他の人間関係においてもベタベタしないような配慮が必要になってきました。

癒やしは、有頂天のような興奮や、世をはかなむような悲哀からは離れた状態です。いいも悪いも、気持ちに極端な負荷のない状態です。ほどほど平安。そこそこ快適。

その意味ではスリルとサスペンスに満ちた若い時の恋愛よりも、歳を重ねた老夫婦に似つかわしいのかもしれません。

よく「空気のような存在」といいますが、そんな二人が、縁側でひなたぼっこをしていれば「癒やし」と題した絵のできあがりです。楽しいかどうかは別ですが。

「恋は限りなく私たちを喜ばせる。ただし平安を奪うことを除けば」

ジョン・ドライデン

いつも陰で…
見守っているが

陰でよく見えないけど

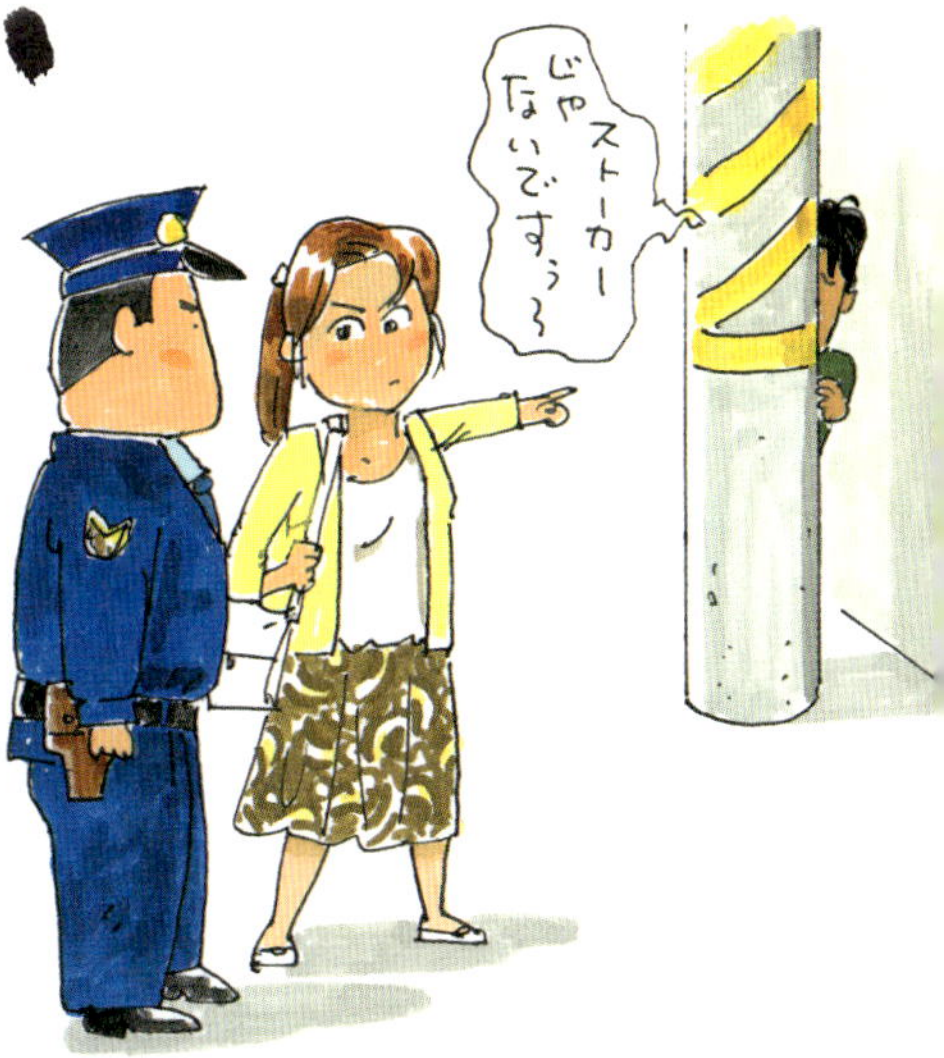
ストーカーじゃないですぅ〜

断捨離って、
してもいいけど
過去とかも
捨てられる？、

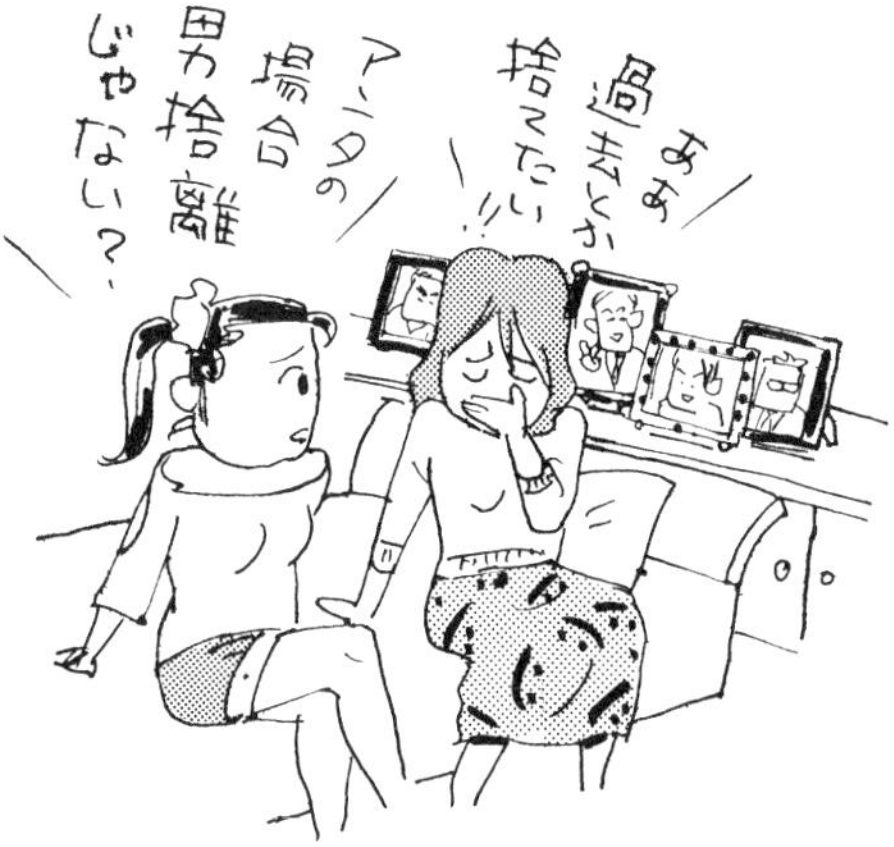
ああ
過去とか
捨てたい!!
アンタの
場合
男捨離
じゃない？

あなたとわたしを
繋いでいるのは
絆？　手綱？

汝の隣人を愛せよ

隣人とは

不仲に
なりがち
だから
なあ

日本の隣国といえば韓国、北朝鮮、中国ですが、ことごとく日本とは不仲です。領土問題、歴史認識問題で反目しています。

そんな国家間レベルではなく、もっと身近な町内レベルではどうでしょう。

測量が古いために隣地との境を示す基準点がはっきりしない場合は隣家と土地争いが起きたりします（領土問題）。また、お隣は前回のリサイクル当番に出てこなかった、あげた旅行みやげよりもお返しが安いものだったと根に持ったりします（歴史認識問題）。

なぜ隣だと問題が起きやすいか。

近ければ、当然接点が多くなり、関係のいい時もあり悪い時もあるでしょう。しかし、なにか事があって一度だけでも対立すると、関係のよかった時の事は忘れ去られ、その対立だけがクローズアップされがちです。

なぜでしょう。

それは「お隣なんだから仲よくしなくっちゃ」という道徳観によるものかもしれません。その道徳観が過度に高い人ほど隣家との溝を深めるような気がします。

「お隣なんだから仲よくてあたりまえ」を金科玉条のように大事にしすぎると、その大事な玉に傷が入ろうものなら「キーッ」となるのが人の情でしょう。隣家に限らず近くにいる人にも言える事かもしれません。


「よい垣根がよい隣人を作る」英語のことわざ

「傷ついた」
とか言わないの
人間なんて
もともと傷モノだから

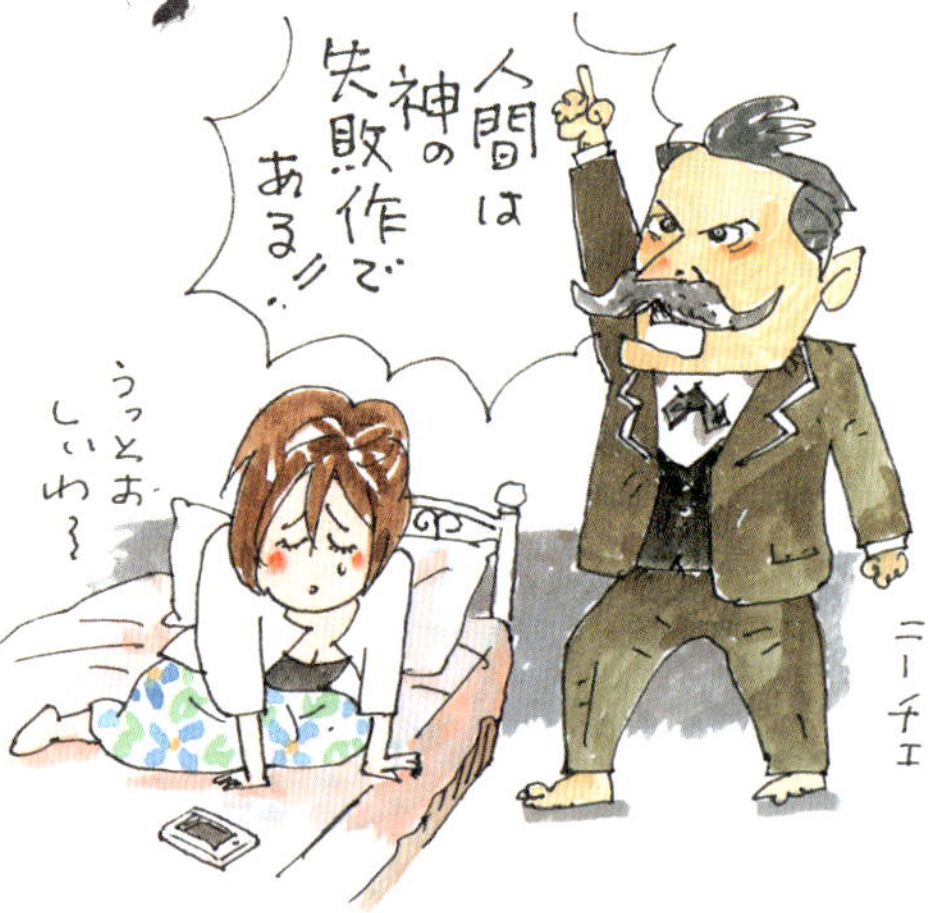
人間は神の失敗作である!!
うっとおしいわ〜
ニーチェ

人ってぶつかればいい
すれ違うのは
寂しいから

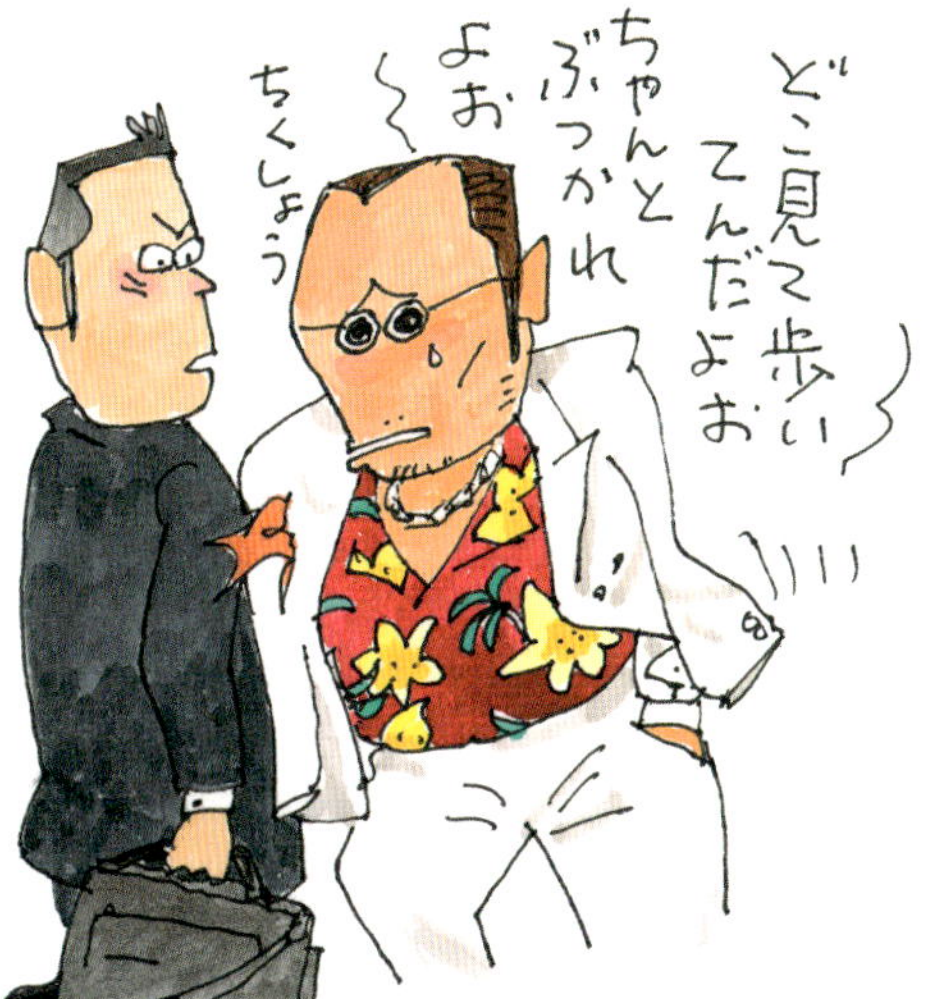

どこ見て歩いてんだよお
ちゃんとぶつかれよお〜
ちくしょう

仲がいいとか
悪いとか
人の中にいてこそ
言えるんだよ

君はいつだってひとりじゃ
ないんだ
みんながそばにいる
ただそれが他人と
いうだけだ

中原中也

～世界にひとつだけの花～

なに!?
新種
発見?

音楽も癒やしには欠かせません。クラシックなどのインストゥルメンタルの曲もそうですが、歌となれば詩が入ってくるのでメッセージ性も強くなります。

ひと昔前の歌は自分の心情を吐露したものが主流だったような気がしますが、最近のポップスには応援歌が多い。若い人たちがヘタレているようです。「がんばれ」とか「明日へ」「夢見て」「乗り越えて」「ひとりじゃないんだ」などのフレーズが散見されます。声を限りに若者を鼓舞しているようです。

年齢を経れば、歌で癒やされることも少なくなり、歌は宴会の出し物のひとつとなり、それはそれでストレス発散の一助になるのかもしれません。

さらに老いていけば、自然回帰というのか、人工的な物から疎遠になります。人の作った音楽も耳障りになって、鳥の声、川のせせらぎなどの自然の「音楽」に親しむようになります。現に私も秋の夜半、サーッと降ってくる雨音に心落ちついたりします。

かといって、人工的な音楽も、それはそれで好きです。

「耳に聞こえるメロディーは美しい
だが聞こえないメロディーはもっと美しい」ジョン・キーツ

自分探しの旅に出る
埋もれた自分を
発見したい

エジプトへ行けば？

「自分探し」で思い出すのは、引退後世界を旅したサッカーの中田英寿さん。その後の様子を見ても、自分探しが成ったのかどうかはわかりませんが。

生活に疲れたり迷ったりした時に、旅に出ようと思う気持ちはよくわかります。でもなぜ自分探しの旅なのか。

知らない土地に自分を置いて、日常のしがらみや澱《おり》をカサブタのようにポロッと剥がして、つるっつるの自分になるというイメージでしょうか。そして、その中に新しい自分の可能性や能力を探るということでしょうか。

いかにも思索家のようですが、単に命の洗濯のようなニュアンスもあり、ひところのディスカバージャパンのような軽さもあります。

「自分をほめたい」と言ったマラソン選手もいましたが、いずれも自分に拘泥しすぎかもしれません。

「自己啓発」とか「自己実現」などのことばもよく耳にします。心理学者ユングのいう、「個性化」のようなことでしょうか。無意識の内に隠された自分を引き出して、自分らしさを表現する…スピリチュアリティ系の匂いがしますね。ユングも多分に宗教的オカルト的と言われてますから。

そんな作業が可能かどうかわかりませんが、ま、持ち合わせの自分でやりくりしていけばいいんじゃないでしょうか。


「あんまり熟慮しすぎる者は、たいした事を成しえない」　シラー

人とつき合うのは
疲れるな

とくに自分と
つき合うのは

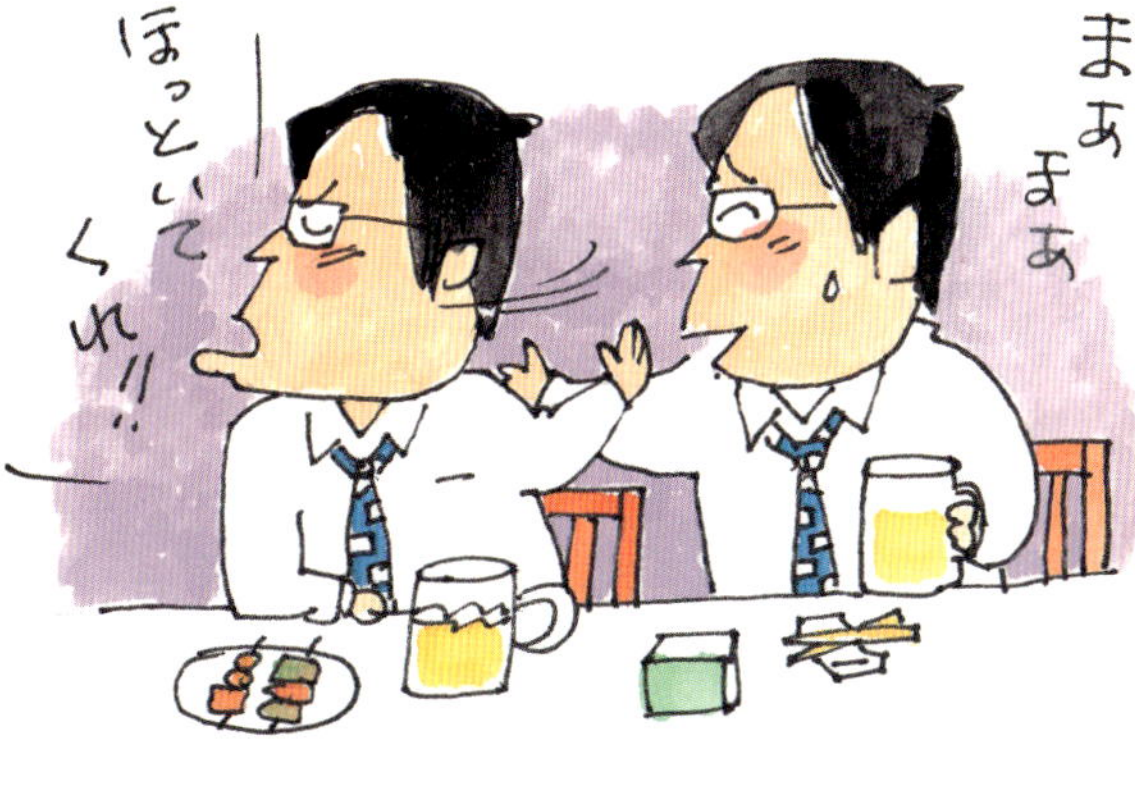
まあまあ
ほっといてくれ!!

落ち込んだり、自信過剰になったり、そんな自分を叱咤激励したり抑制したり…自己管理も大変です。

家族や友人、同僚と接する時間には限りがありますが、自分とは二十四時間、一年中のべつまくなしにつき合っていくわけですから、それはそれで疲れます。自分が嫌いではやりきれません。

一方、自己中心的な人たちはどうでしょう。感情の赴くままで、腹が立てば怒り、おだてられれば調子に乗りっぱなし、ストレートで楽なように見えます。

しかし動物ではないので、人間である以上、それなりに自分にダメ出しはしているのでしょう。

自分をあまり客観視ばかりしていても、自分の中に批評家がいることになり、絶え間ないせめぎ合いに疲れて心を病みそうです。

自分が疲れるか、自己中の人のように周りの人に疲れてもらうかですが、そこは両者とも自己制御をして、害の少ないようにするしかないですね。早い話、人間関係は疲れるということです。

漱石の「理に働けば角が立つ、情に流されれば…」ということばを思い出しました。

ンー、ちょっと違うかも。

「ふたりの人間が同じ格子から外を見ている　ひとりは泥を　ひとりは星を」

フレデリック・ラングブリッジ

人生の意味？
ないと思うよ
だから人生に
悩むのって

さらに無意味だと思うよ

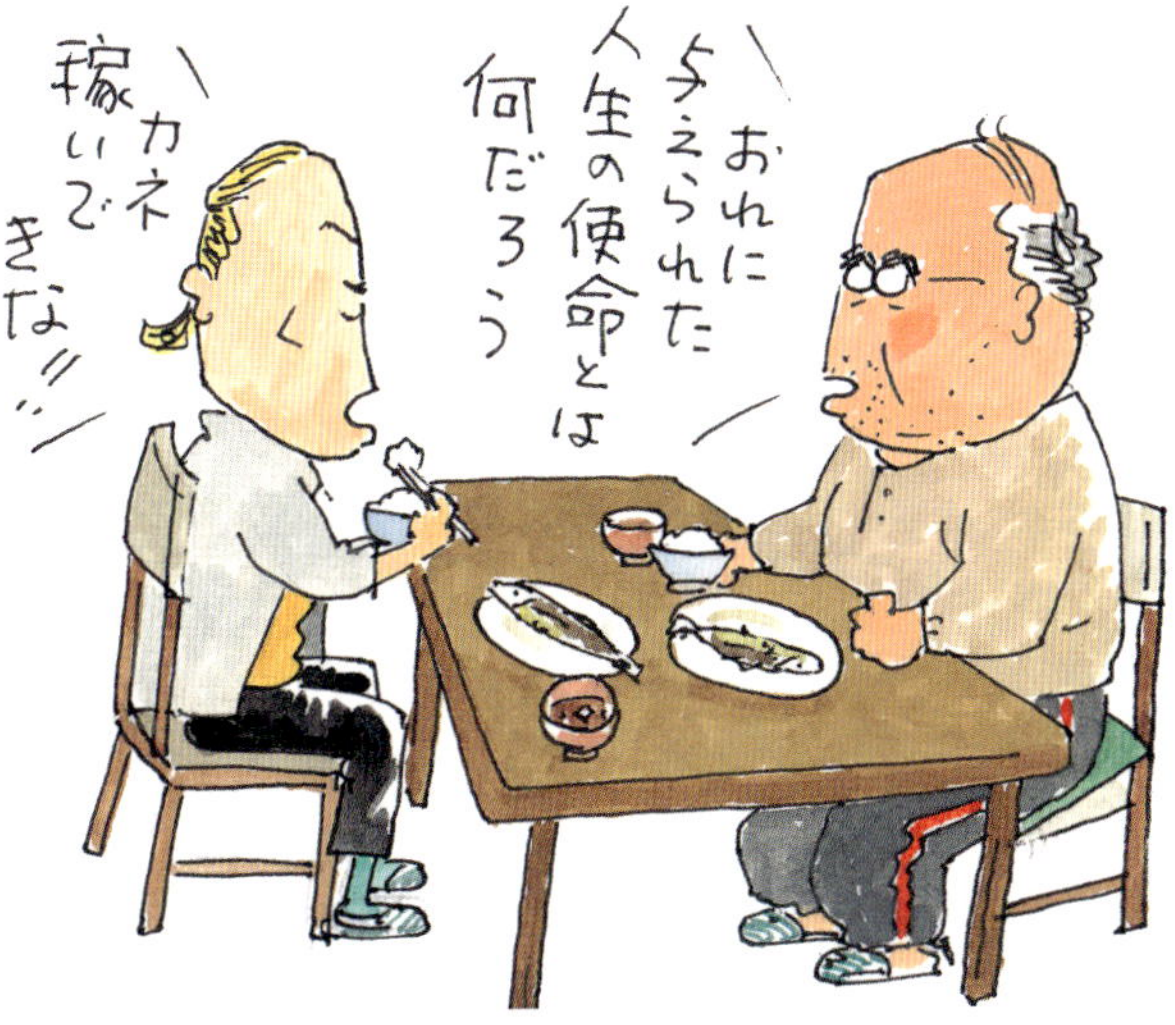

おれに与えられた人生の使命とは何だろう
カネ稼いできな!!

つらいって？、悲しいって？、
苦しいって？、
君はいま人生の王道を
歩いているんだ

青春って言われても
ピンとこないけど
ブルーが入ってるから
腑に落ちる

おーれは！河原の
枯れススキ
ジャカジャカ

ハングリーであれ
愚かであり続ける
――だいたい
そのまま終わります

スティーブジョブズのつもり？
てゆーか崔洋一じゃね？

ありがとうは
「有難い」から
そうそうないこと
だから
あまり使わない
ようにしないと

きょうは
シャラン産
鴨モモ肉の
グーラッシュ
よ
あ……
ありがとう

人生山あり谷あり
やれやれ平地だと
思った時は
死んだ時である

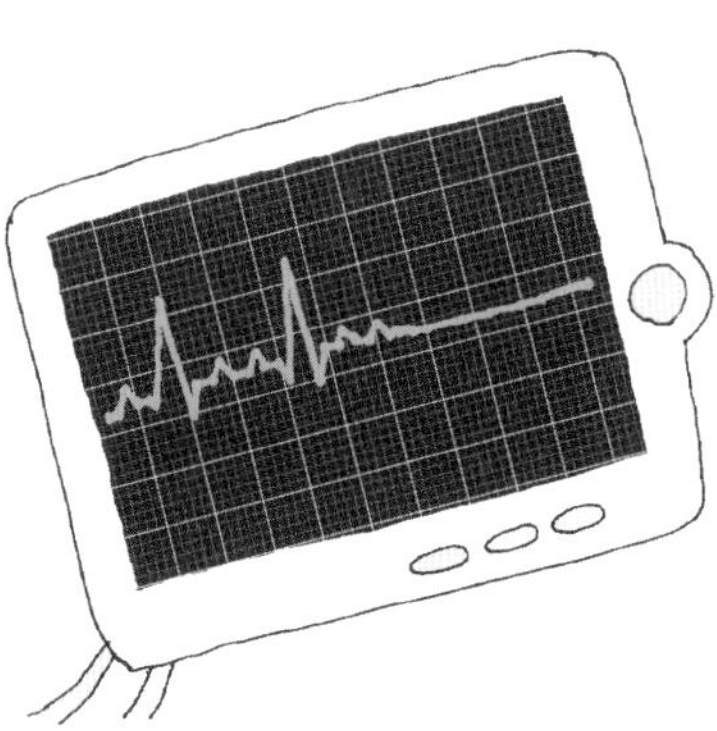

明日を信じよう
未来を信じよう
って
学習能力がないね

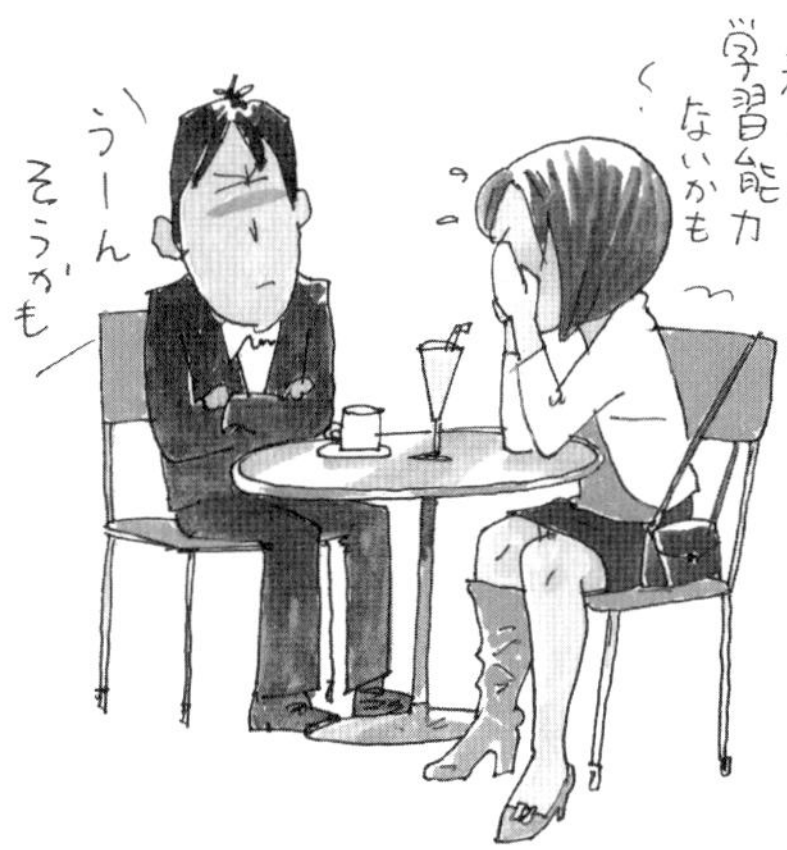
私って学習能力ないかも〜
うーん そうかも

夢を持つなら
不可能なほど
でっかい夢を
実現できなくても
言い訳できるからね

明日は明日の風が吹く
そんなより
今日の強風をなんとか
してほしい・・

汗をかきなさい
体のデトックスのために
泣きなさい
心のデトックスのために

ありがとうは
"リ"にアクセントを
置いて言おう
笑顔になるよ

♪ミミズだって　オケラだって
アメンボだって
みんなみんな　生きているんだ
友だちなんだ

友だちとか
なりたくないし

「縁を大切に!」

「円とどっちを?」

「……」

友だちは奇特な
人たちへこいだ
だって自分なんかと
つき合ってくれるん
だから

朝の来ない夜はないけど
夜の来ない朝もないよ
春の来ない冬はないけど
冬の来ない春もないよ
やまない雨は
ないけど
晴れてもまた雨になるよ

……ごめんね

人の間にいるから
人間なんだな

あったかいなー
息苦しいなー

生きる目的が
わからないって？
じゃそれを考える
のを目的にしたら？

生きる
ことだけ
考えていては
しあわせには
ならない
死を合わせ
ての
しあわせだ

地球はひとつって
宇宙飛行士が
言うならいいよ

ひとーつ
ヒューストン
ヒューストン
地球は
ひとつです

「地球はひとつ」とはいっても内実はバラバラです。国の間に争いは絶えません。「グローバル化」ということばがありますが、そこには平和は含まれていないようです。

経済主流で始まったグローバル化は、今や環境、文化、政治などにも及んでいます。グローバル化は言わば世界の「均一化」とも言えるんじゃないでしょうか。

今や日本でも高度成長期以降、現在に至るまで「均一化」が進みました。全国どこへ行っても同じような町並み、同じようなファッション、同じようなライフスタイルで人々が生活しています。昔に比べ地方色が薄まりました。

それと同様なことが世界規模で起きつつあります。

グローバル化が進めば、当然国際結婚も増えるでしょう。混血がくり返されれば、同じ肌の色で同じような顔つきの人間が、これまた同じような服を着て、同じようなビル群の中を歩くことになります。

さらに進めば、言語や宗教までも統廃合が進み、地球統一政府の下、「地球はひとつ」の世界ができあがりそうです（かたちだけは）。

おもしろいかなあ。

まあそのころには、宇宙への移住が可能となり、そんな地球に飽き足らなくなった人々が、どこかの星で、またそれぞれの地方色を出していくのかもしれませんが。

「ここに神は見当たらない」　ガガーリン

地球にやさしく
したって
地球なんか

やさしくして
くれないで

「地球にやさしく」って、ずいぶん地球に恩着せがましいことばです。環境を壊さないように、という配慮かとは思いますが、環境が悪くなって困るのは人間ですので、ひいては自分たちのためです。「人間にやさしい」ということです。

そんな欺瞞に満ちた人間に腹をたてたのか、最近では地球がずいぶん荒々しくなっているような気がします。

爆弾低気圧なんてことばも生まれました。豪雨はもとより、外国のモンだと思っていた竜巻の被害も増えつつあります。

現在、この原稿を書いているのが夏で、外の気温は三十七度。これは〝爆弾高気圧〟です。

暑い時はより暑く、寒い時はさらに寒く、春とか秋はなくなっていき、日本も季節をめでる国ではなくなっていくのでしょうか。

環境の変化はなにも人間の活動のためばかりではないかもしれませんが、ひとつの警鐘と受けとめて人間も少しは控えめに。そして地球には温暖化じゃなくて、人間の反省を受けとめてもらって〝温厚化〟してほしいものです。

「自然は決してわれわれをあざむかない
われわれ自身をあざむくのはいつもわれわれである」　ルソー

人の命は
地球より重い

でも怪力の持ち主は
いっぱいいる

「人の命は地球より重い」。以前こんな言い回しをよく耳にしました。一九七七年、ダッカでの日航機ハイジャック事件で、当時の福田首相が使ったことでも有名です。

人の命の大切さを説くのに地球を持ち出すとは大胆です。

戦争や紛争だけでなく、自然災害や飢饉はもとより殺人事件、交通事故も日常茶飯事で、いとも軽々と人命が奪われています。

これでは「人の命は地球より重い」と言われても説得力がありません。見ず知らずの人が殺されたとしても、「またか」と一瞬暗い気持ちにはなりますが、それで過ぎていってしまいます。

しかし近しい人、例えば家族や友人、恋人を失えば、とてもそれではすみません。「人の命は地球より重い」のを実感することになるでしょう。

自分の命の場合はどうなんでしょうか。自分が死ねば地球どころか、全宇宙が消滅してしまうので「自分の命は宇宙よりも重い」ということになるのかもしれません。

「死あるいは大山より重く　あるいは鴻毛より軽し」　司馬遷

人類はみな兄弟だ
だから兄弟喧嘩を
する

子どもは天使って
思う時は
大人も天使の心を
子どもは悪魔って
思う時は
大人も悪魔の
気持ちでいる時さ

自分をダメだなんて
言うのは傲慢だ
君がそこまで
人間を見る目を
持っているのか

自分はダメな人間だ…
へぇ〜 キミ けっこう 人間を見る目 あるじゃん!!

愛は
地球を救う

いつ?、

♪明日という字は
明るい日と書くのね
明後日という日は
明るい日の後と
書くのね

♪若いという字は
苦しい字に似てるわ〜
老いるという字は
海老の下半身なの〜

アン真理子さん

雨の後には
虹が出るんだ
数分で消えるけど

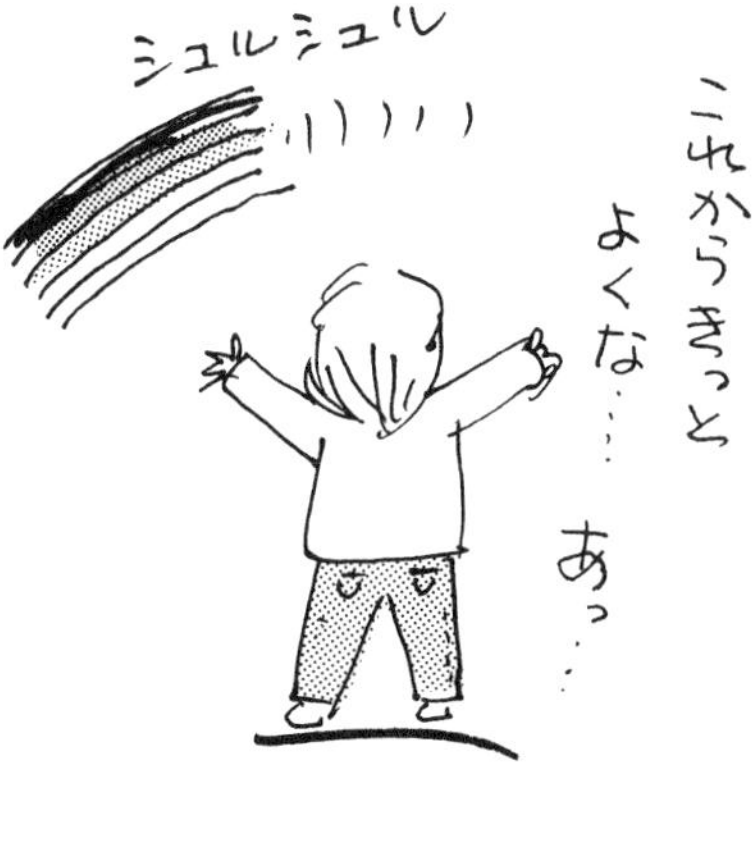
シュルシュル
これからきっと
よくな…
あっ…

苦しみという巨幹に
悲しみという
枝を張っている
その先に喜びの葉っぱが
ついていて
それがバラバラと散ってゆく
それが人生

根さえ張っていれば
花が咲き実を結ぶ
こともあるさ 俺みたいに
ねえアニキ！

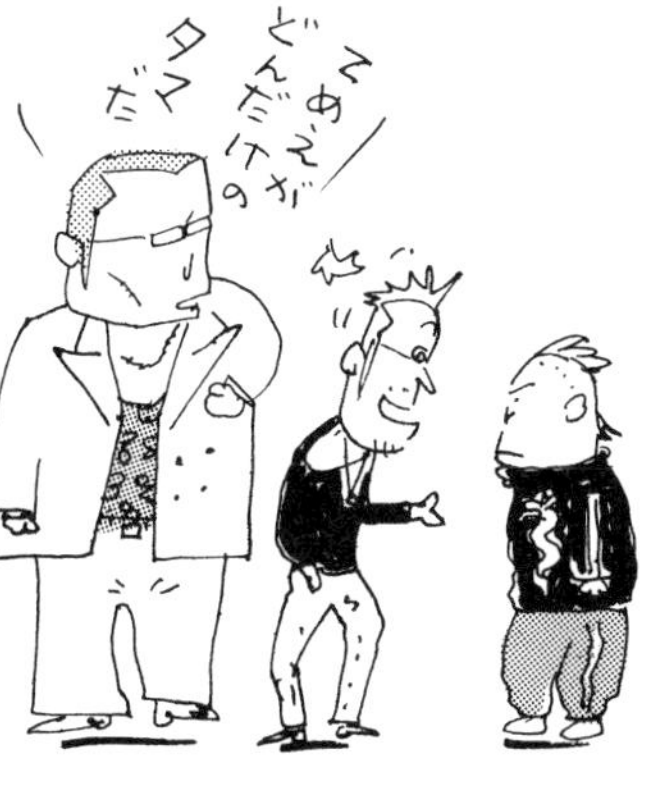
てめえが
どんだけの
タマだ

がんばらなくて
いいんだよ
必死こいて
やりなさい

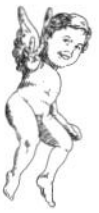

雑草は踏まれても立ち上がる
よし　踏まれない花になろう

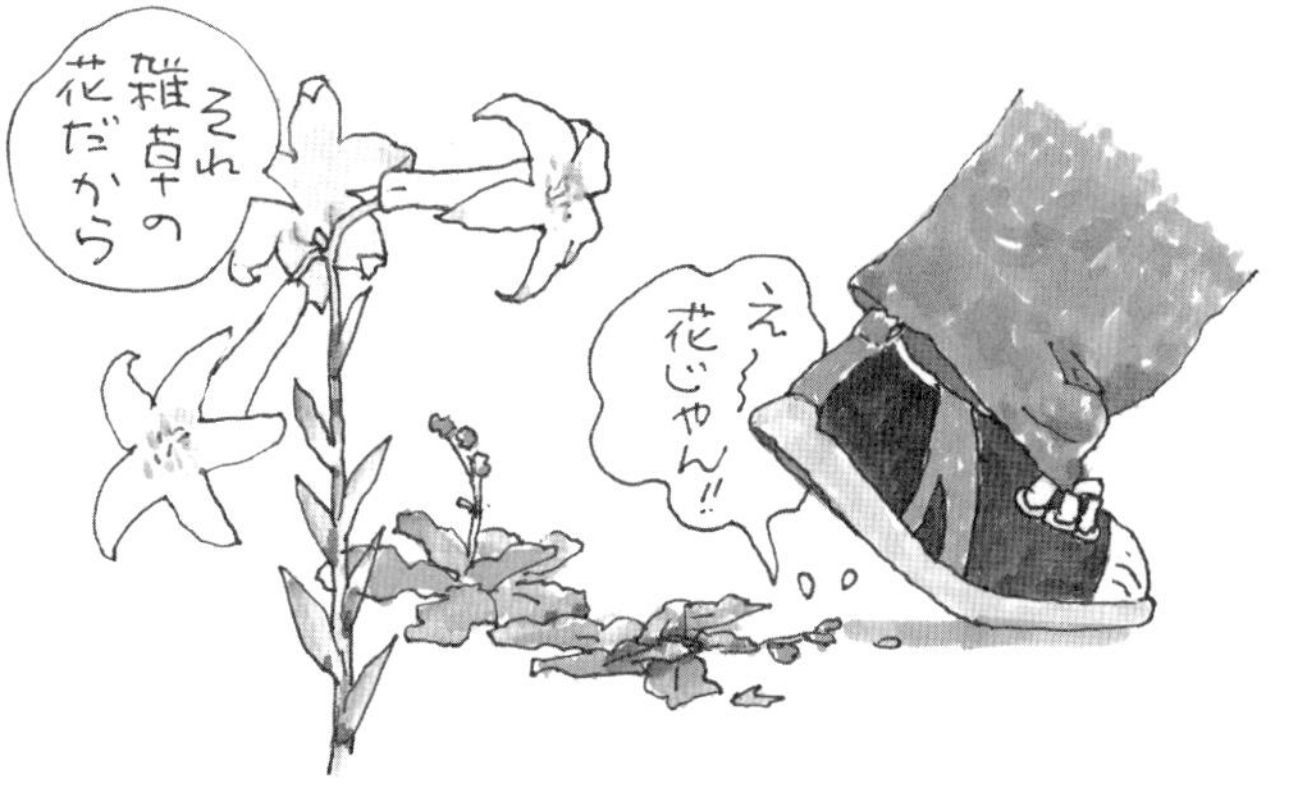
え〜花じゃん!!
それ雑草の花だから

少年よ大志を抱け　抱いた？
ならば勉学せよ　天職を得よ
頭角を現わし　賢妻を娶れ
娶った？　子女をもうけて
財を為せ　老いて長寿を
全うせよ
大志は成った？

ぼくの前に道はない
ぼくの後に道はできる
あんたはナメクジーか

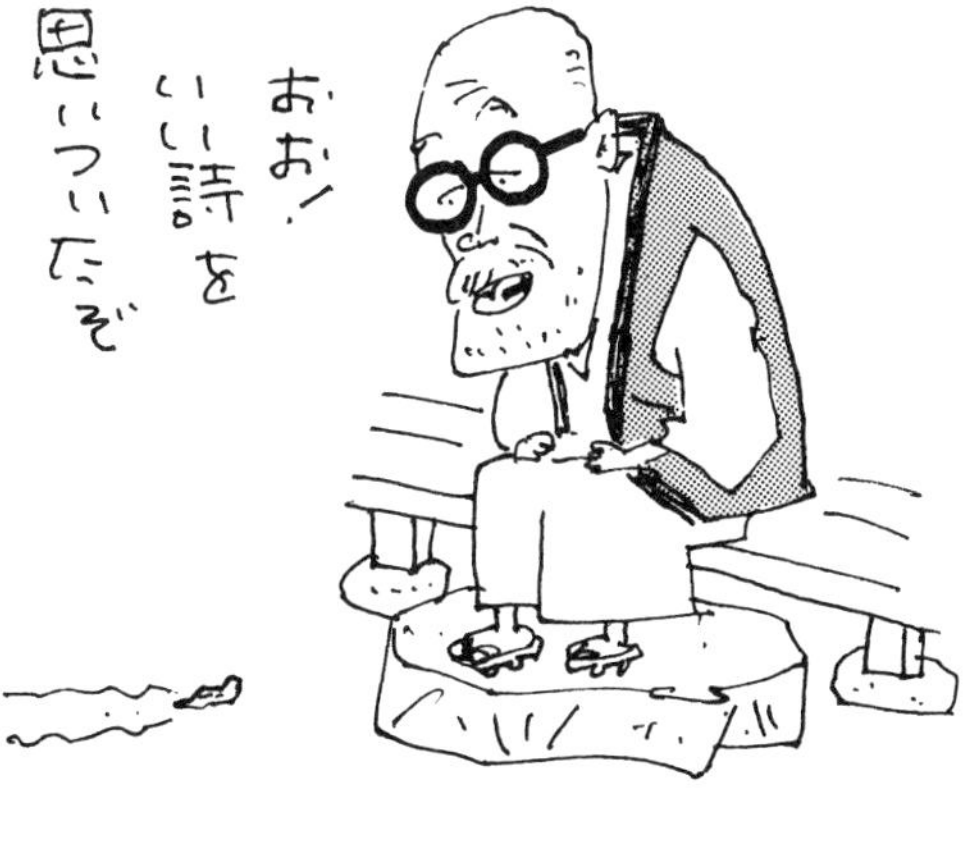
おお！
いい詩を
思いついたぞ

「感動をありがとう」って
言うより
「感動してくれてありがとう」
って言いたいな

運命の出会い？
じゃ別れる時も
運命の別れって
言うの？

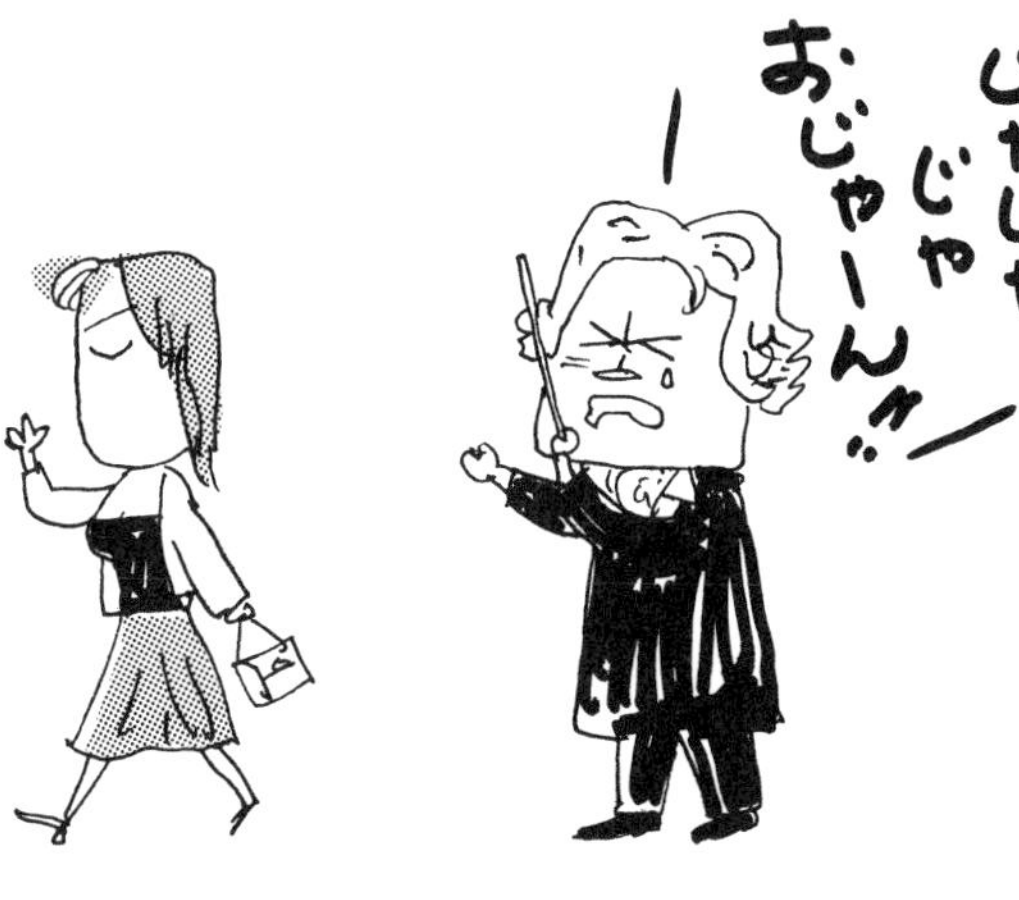
じゃじゃ
じゃ
おじゃーん!!

ストレスないけど
癒されたい
つらくないけど応援歌
聴きたい
頑強だけどビルドアップ
したい
元気な人たち
ええかげんにせえよ

ひきこもりじゃないよ！
こうやってネットで
世界の人と
つながってるんだ

やれやれ
家が
いちばん
ひとりだったら

永遠の愛は
ございませんが
永遠の別れなら
ございます

天気も景気も
天気を
よくなったり
悪くなったり
だから抗わないこと

まったりがんばり日記
チュルルルー
きょうはお休み
バン
あ〜だるぅ〜
朝はカモミールティーと全粒粉のソーダブレッドね
θ《シータ》波の出る音楽かけて…と
カチャ
あーいいお天気！さて行くか！
ジンジャーのアロマ
わー電車ヤバイ!!
ふう〜
ホ
わ…わ…加齢臭だわ！

息止めてよ
ブハア!!
わ〜ちこく
10時に予約した ハァハァ
ハァハァ
ああどうぞ
加齢臭とか絞り出してください吸い込んだから
う〜気もちいい〜
あ! 11時に岩盤浴だっけ!!
やべ
あ〜
デトックスデトックス
12時 心のデトックスは友だちとのおしゃべり
ハッハッ
そんなことマジで聞くかぁ?

ウチ寄ってく？
ごめんちょっと用事があって…また今度…
あんな3キ児のいる家ぜんぜん安らげねーし
ふん
えーと次はヨガ行ってと…
タッ
タッタ…
愛があるから生きるんだ
まあ
こんにちはーよかったら見てってねー
あなんかいやし系
あなたのために詩も書きますよー
心の虹は消えない
道草
手をつなげば百人カ
へえ～ステキねー
いくらで書いてくれるの？
1000円です～
サラサラ
はい
えっ～似顔絵じゃん!!
ん～
じゃあ
サラサラ

自分の内に安らぎが見つからない時　外にそれを求めても無駄である

ラ・コシュフコー

あとがき

「癒やし」という耳になじみのないことばを聞き始めたのは三十年前ぐらいでしょうか。

ふつう「癒やす」とか「癒える」のように動詞として使われることばが、名詞として登場したのです。違和感がありました。

さらに、本来病気や傷が治る時に使う字を「心がほぐれてまったりすること」にまで拡大解釈されたのです。

当時「癒やし」を意味する英語の「ヒーリング」も同時平行して使われていましたが、こちらはあまり耳にしなくなりました。

一方、「癒やし」の方は語感のせいもあってか、最近でも便利に使われているようです。

「癒やし」を冠した商売は町にあふれています。リフレクソロジー、エステ、アロマセラピー、岩盤浴……枚挙にいとまがないほどです。

指圧や鍼灸などは肩こりや神経痛の治療として、元来高齢者が利用したものですが、今やリラクゼーション色が強くなりました。

番犬としての犬やネズミ捕獲用の猫もすっかり癒やしグッズです。日本に「癒やし」が氾濫しています。ブームのようです。

こうなると、天の邪鬼な性格からというのか。諷刺ばかりしているための職業病からというのか、反発心が目覚めてきました。

そこで今回は（というか今回だけですが）お手軽に使われる癒やし系の言い回し、詩、ことわざなどことばの分野に茶々を入れてみました。

何のために、と問われても返すことばもありません。単にまんがの一形態として読んでいただければ幸いです。

「癒やし」を目の敵にするつもりはありませんし、だれにも「癒やし」は必要です。

ただ、昨今のグルメブームや清潔・抗菌ブームのように、一斉になびく日本の風潮を見ると、いかがなものかとは思います。

個人的には、小春日和にアリの行列をボーッと見ているようなことがいちばん癒やされると思うのですが。

最後に本不況の中、変な企画に及び腰ながらも、刊行の英断をしてくださった風媒社の山口さんにお礼申し上げます。ありがとうございました。

また、最後まで読んでくださった方々にも、ありがとうございました。

ありがとうは
「有難い」から
そうそうないこと
だから
あまり使わない
ようにしないと

テロの範囲

三本の矢

©中日新聞・東京新聞より

佐藤　正明

1949年名古屋市生まれ
南山大学外語学部卒
デザインプロダクション勤務後フリーとなり
「中日マンガ大賞」:大賞「読売国際漫画大賞」:金賞受賞などを契機にそっちの道へ
現在中日新聞・東京新聞・西日本新聞に
政治風刺まんがなどを連載

JASRAC　出 1314676-301

あまり癒やされない心の詩《うた》

2014 年 3 月 20 日　第 1 刷発行　　（定価はカバーに表示してあります）

著　者　　佐藤 正明
発行者　　山口 章

発行所　名古屋市中区上前津 2-9-14　久野ビル
電話 052-331-0008　FAX052-331-0512
振替 00880-5-5616　http://www.fubaisha.com/
風媒社《ふうばいしゃ》

乱丁・落丁本はお取り替えいたします。　＊印刷・製本／シナノパブリッシングプレス
ISBN978-4-8331-5271-6